아홉개
구름의 꿈

아홉 개 구름의 꿈: 구운몽

김만중 지음 | 김을호 엮음

초판 1쇄 발행일 2021년 4월 15일

펴낸이 박봉서 펴낸곳 (주)크레용하우스 출판등록 제5-80호

주소 서울 광진구 천호대로 709-9 전화 (02)3436-1711 팩스 (02)3436-1410

홈페이지 www.crayonhouse.co.kr 이메일 crayon@crayonhouse.co.kr

＊라이프앤북은 삶의 지식을 전달하는 (주)크레용하우스의 도서 브랜드입니다.
＊KC마크는 이 제품이 공통안전기준에 적합하였음을 의미합니다.

ISBN 978-89-5547-742-9 03810

아홉개
구름의 꿈

구운몽

김만중 지음 | 김을호 엮음

라이프앤북

읽기 전에

이 글의 저자인 서포 김만중(1637~1692)은 매우 좋은 가문에서 태어나 스물아홉 살에 장원급제를 하고 도승지, 대제학, 대사헌, 예조판서까지 역임한, 현재 말로 바꿔 말하자면 엘리트 코스를 거친 수재다.

이런 엘리트가 왜 당시에는 하급 문화로 취급받던 소설을 쓰게 되었을까? 김만중은 앞서 말했듯이 승승장구했지만 정치적으로 반대파에게 숙청을 당해 유배를 가게 되었다. 여기서 출세와 같은 인간의 욕망은 모두 덧없음을 느꼈을 것이다.

또한 김만중에게는 노모가 있었다. 노모의 생신 때도 찾아뵙지 못한 김만중은 어머니를 즐겁게 해드리면서 동시에 자신의 뜻을 알리고 싶었다. 소설 《구운몽》을 써서, 비록 지금은 유배를 와 있지만 욕심을 버리고 '나름' 잘 살고 있다고 이야기한 것이다.

《구운몽》은 한문본과 한글본이 남아 있는데, 어머니에게 바친 것으로 보아 당시 '여인의 글'인 한글로 작성했음이 더 타당해 보인다.

차례

지옥으로 끌려간 성진   7

진채봉과 미래를 약속한 양소유   19

계섬월에게 시를 바치다   32

정경패 앞에서 거문고를 연주하다   40

양소유를 속인 가춘운   49

적경홍과 동행한 양소유   60

난양공주를 거절하다   65

물의 백능파와 산의 심요연   70

공주가 된 정경패   76

성대한 결혼과 장난   80

두 부인과 여섯 낭자 그리고 재상   87

양소유가 성진이고 성진이 양소유라   92

지옥으로 끌려간 성진

    천하에 이름난 다섯 산이 있는데 동쪽의 태산, 서쪽의 화산, 남쪽의 형산, 북쪽의 항산 그리고 가운데 숭산이 바로 이 다섯 산이다. 이 다섯 산을 오악이라고 한다.

    이 중에 형산은 가장 멀리 떨어져 있었다. 형산의 남쪽에는 구의산이 있고 북쪽에는 동정호가 있고 상강이 감싸고 있었다. 형산의 일흔두 봉우리가 마치 조상을 모시고 서 있는 자손같이 곤두서서 하늘을 떠받치고 있었고 깎아 세운 듯한 봉우리 끝은 구름을 자르고 있어 빼어나게 아름다웠다.

    진나라 때 선녀인 위부인이 도를 닦아 하늘에 올라

옥황상제의 명을 받아 선동과 옥녀를 거느리고 이 형산에 머물며 지켰다. 이를 남악 위부인이라고 일컫는다.

당나라 때는 한 고승이 서역천축국(지금의 인도 지역)에서 형산으로 들어왔는데 이 고승은 형산의 아름다운 경치를 사랑해 연화봉 아래에 암자를 짓고 중생을 가르쳤다. 부처님의 진리를 깨닫고 부유한 사람들은 재물을 내놓고 가난한 사람들은 힘을 써서 큰 절을 지었다. 이 절의 웅장함은 남북에서 으뜸이었다.

이 고승을 '육여화상'이라고도 하고 '육관대사'라고도 했다. 대사의 문하에 오륙백 명이 있었는데 그 가운데 불법에 깊이 통달해 신통함을 얻은 사람은 삼십여 명이었다. 그중 성진이라는 젊은 제자가 있었는데 얼굴이 하얗고 정신이 맑고 총명과 지혜가 여러 제자 가운데 가장 뛰어났다. 대사는 성진을 아끼고 사랑하여 불교의 깊은 뜻을 전할 제자로 매우 기대했다.

대사가 제자들에게 불경을 가르치고 있으면 동정호의 용왕이 흰옷을 입은 노인의 모습으로 나타나 강론을 듣곤 했다.

어느 날, 대사가 제자들에게 말했다.

"내가 몸이 늙고 병이 들어 절 바깥문을 나가지 못한 지 십여 년에 이르렀구나. 너희들 가운데 누가 수부(물을 맡아 다스리는 신의 궁전)에 가서 용왕께 감사의 뜻을 전하고 오겠느냐?"

대사의 말에 성진이 나섰다.

"제가 재빠르지는 못하지만 다녀오겠습니다."

대사는 크게 기뻐하며 허락했다.

성진은 옷을 단정하게 입고 동정호를 향해 떠났다.

성진이 떠난 후 남악 위부인이 보낸 팔선녀가 대사를 찾아왔다. 대사가 들어오라 하니 팔선녀는 위부인의 말을 전했다.

"대사께서는 산의 서쪽에 계시고 저는 동쪽에 있어 서로 이웃이지만 저를 수고롭게 하는 일들이 있어 찾아가 말씀을 듣지 못했습니다. 그래서 여덟 명의 선녀를 보내 안부를 여쭙고 꽃과 과일, 보배를 드립니다."

대사는 이를 받아서 제자들에게 주어 부처님께 공양하고 팔선녀를 대접해 보냈다.

한편 성진은 물결을 헤치고 수정궁에 들어섰다. 용왕은 매우 기뻐하며 친히 궁궐 밖까지 나와 맞이하고 잔치를 열어 성진을 극진히 대접했다.

　용왕은 성진에게 술을 권했다.

　"술은 마음을 흐리게 하는 광약이라 불가에서는 크게 경계하니 감히 마시지 않겠습니다."

　성진이 용왕에게 말했다.

　"그것을 내가 어찌 모르겠소. 하지만 용궁의 술은 인간 세상의 술과 달라서 사람의 기운을 좋게 하고 마음을 어지럽히지 않는다네."

　용왕이 성진에게 말하며 다시 술을 권했다.

　성진은 용왕이 권하는 술 석 잔을 연거푸 마시고 나서 용왕에게 인사를 고하고 용궁을 나와 바람을 타고 연화봉으로 향했다.

　산 밑에 도착하자 성진은 술기운이 올라 얼굴이 달아오르고 눈앞이 아른거리며 어지러웠다.

　'스승님이 내 얼굴이 붉어진 것을 보면 당연히 꾸짖으시겠지.'

성진은 냇가로 가서 웃옷을 벗어 놓고 맑은 물로 취한 얼굴을 씻었다. 이때 문득 신기한 향기가 코를 자극해 정신이 아득해졌다.

'이 시내의 상류에 무슨 신기한 꽃이 있기에 향기가 물을 따라올까?'

성진은 웃옷을 다시 입고 시냇물을 따라 올라갔다. 그리고 돌다리 위에 앉아 이야기를 나누고 있는 팔선녀와 마주쳤다.

"저는 육관대사의 제자인데 스승의 명으로 용궁에 다녀오는 길입니다. 좁은 다리에 낭자들이 앉아 계시니 제가 갈 길이 없습니다. 잠시 길을 비켜주십시오."

성진이 팔선녀에게 말했다.

"저희는 위부인의 시녀인데 위부인의 명으로 육관대사께 안부를 여쭙고 돌아가는 길에 이곳에 잠시 머물게 되었습니다. 듣기로는 길을 갈 때 남자는 왼쪽으로 가고 여자는 오른쪽으로 간다고 합니다. 이 다리는 너무 좁고 이미 저희가 앉았으니 다른 길로 가시지요."

팔선녀가 말했다.

"냇물이 깊고 다른 길이 없는데 어디로 가라 하시는 겁니까?"

"육관대사의 제자라면 도를 배웠을 텐데 이 작은 시냇물 건너는 일이 뭐가 어려우시다고 여인들과 길을 다투시나요?"

"낭자의 뜻을 헤아리니 행인에게 길 값을 받으시려는 것 같습니다. 다른 보화는 없고 마침 명주(빛이 고운 아름다운 구슬)가 여덟 개 있으니 이것을 길 값으로 드리겠습니다."

성진이 웃으며 이렇게 대답하고 복사꽃 한 가지를 꺾어 팔선녀 앞에 던졌다. 그러자 꽃이 땅에 떨어지면서 찬란히 빛나는 명주로 변하더니 좋은 향기가 났다.

팔선녀는 명주를 각각 한 개씩 주워 손에 쥐고 성진을 돌아보며 웃더니 몸을 솟구쳐 구름을 타고 공중으로 날아갔다.

성진이 돌다리 위로 가서 우두커니 주위를 둘러보았지만 팔선녀는 간 곳이 없고 구름도 흩어졌으며 향기도 사라졌다. 성진은 한동안 멍하니 마음이 진정되지 않았다.

성진은 급히 돌아와 대사를 찾아뵙고 용왕의 말씀을
전했다. 대사가 늦게 돌아온 성진을 꾸짖으며 이유를
묻자 성진이 대답했다.

"용왕이 정성으로 대접하고 만류하기에 차마 떠나지
못해 늦었습니다."

대사가 두 번 묻지 않고 물러가 쉬라고 하자, 성진은
거처하는 방으로 돌아왔다. 이미 날은 어두워졌지만 성
진은 팔선녀를 본 후로 정신이 황홀하여 번뇌가 생기는
바람에 쉽게 잠들지 못했다.

'세상에 대장부로 태어나 어려서는 공자와 맹자의 글
을 읽고 자라서는 성군을 섬기고 나가서는 장수가 되며
들어오면 정승이 돼 비단옷을 입고 허리에 옥대를 차고
눈으로는 고운 빛을 보고 귀로는 좋은 소리를 듣고 아
름다운 여인과 사랑을 하고 이름을 후세에 떨치는 것이
떳떳한 일일 텐데, 슬프다. 우리 불자의 도는 한 그릇의
밥과 한 잔의 물과 수십 권의 경전과 백팔염주뿐이구
나.'

성진이 이런저런 생각을 하며 잠을 이루지 못하는 사이, 밤은 깊어만 갔다. 눈앞에 팔선녀가 문득 나타나 깜짝 놀라 다시 보면 아무도 없었다. 성진은 곧 뉘우쳤다.

'부처의 가르침은 생각을 바르게 하는 것이 으뜸이다. 내가 출가한 지 십 년이 지나도록 이를 어기고 구차한 마음을 가진 적이 없는데 이렇게 생각을 바르게 하지 못하니 어찌 나에게 해롭지 않을까?'

성진은 향로에 향을 피우고 꿇어앉아 정신을 가다듬고 염주를 굴리면서 마음속으로 부처를 떠올리며 불경을 외웠다.

이때 갑자기 동자가 창밖에서 성진을 불렀다.

"사형은 잠이 들었습니까? 스승님께서 부르십니다."

성진은 깜짝 놀라며 생각했다.

'깊은 밤에 나를 부르시니 반드시 이유가 있겠구나.'

동자와 함께 대사가 계신 곳으로 가니 대사가 모든 제자를 모아 놓고 앉아 있는데 몸가짐이 엄숙하고 촛불이 휘황찬란했다.

"성진아, 네 죄를 아느냐?"

대사의 호통에 성진은 놀라 꿇어앉았다.

"제가 스승님을 섬긴 지 십여 년인데 조금도 불손한 일이 없었습니다. 엄히 나무라시나 어리석게도 정말 죄를 알지 못하겠습니다."

대사는 더욱 노하여 꾸짖었다.

"중이 용궁에 가서 술을 먹었으니 그 죄가 작지 않고, 또한 팔선녀를 만나 수작이 장황했고, 꽃가지를 꺾어 명주로 희롱을 하고 돌아온 후에는 불법을 잊고 세상의 부귀영화를 꿈꾸며 미색을 그리워하면서 열반의 경지를 꺼려했으니 이제는 여기 머물지 못한다!"

성진은 울면서 용서를 구했다.

"스승님, 제 죄가 큽니다. 하지만 술은 용왕이 억지로 권해서 마지못해 마셨고 팔선녀와 말을 나눈 것은 다리를 건너기 위해서였습니다. 부정한 말을 하지는 않았고 돌아온 후에 잠깐 마음을 잡지 못했지만 곧 스스로 뉘우치고 뜻을 바르게 했습니다. 제가 죄가 있거든 종아리를 치시지 어찌 내치십니까? 열두 살에 부모를 버리고 스승님을 좇아 머리를 깎았으니 여기가 집인데 어디로 가라는 겁니까?"

대사가 말했다.

"네 스스로 가려고 하니 내가 가게 하는 것이다. 네
가 만약 있으려고 한다면 누가 너를 가게 하겠느냐? 내
게 어디로 가라는 거냐고 물었느냐? 네가 가려고 하는
곳이 바로 네가 갈 곳이다."

성진이 울면서 용서를 거듭 빌었지만, 대사는 듣지
않았다.

"황건역사야, 어디 있느냐?"

공중에서 홀연히 장수가 나타났다.

"너는 이 죄인을 끌고 지옥으로 가서 염라대왕께 내
주어라."

성진은 할 수 없이 불상과 대사께 절을 하고 모든 동
문과 이별 한 뒤 황건역사를 따라 저승으로 떠났다.

풍도성(지옥의 별칭)에 도착하니 성문을 지키는 병사
가 물었다.

"어떻게 왔느냐?"

황건역사가 대답했다.

"육관대사의 명으로 죄인을 데리고 왔소."

병사가 길을 열어 주었고 곧 염라대왕의 궁전에 이르렀다.

염라대왕이 성진에게 물었다.

"성진은 이미 지장보살 명부에 올라 있으니 머지않아 도를 얻어 중생들이 모두 큰 덕을 입을 텐데 무슨 일로 여기에 왔느냐?"

성진은 크게 부끄러워하며 말했다.

"제가 길 위에서 남악 팔선녀를 만나고 나서 마음에 두는 죄를 지어 염라대왕의 명을 기다립니다."

염라대왕이 성진의 죄를 결단하려 할 때 병사가 팔선녀를 잡아왔다. 성진은 깜짝 놀랐다.

염라대왕은 무릎을 꿇은 팔선녀에게 물었다.

"남악의 팔선녀는 선가에 무궁한 경치와 쾌락이 있는데 어찌 여기에 왔느냐?"

팔선녀가 부끄러움을 머금고 대답했다.

"저희는 위부인의 명으로 육관대사께 문안하러 갔다가 돌아오는 길에 젊은 스님을 만나 수작한 일이 있습

니다. 대사께서 부처의 깨끗한 땅을 더럽혔다고 저희를
여기로 보냈습니다. 저희의 고락이 오로지 대왕님께 달
렸으니 부디 자비를 베풀어 좋은 땅으로 돌아가게 해주
세요."

염라대왕이 저승사자 아홉 명을 불러 분부를 내렸다.

"이 아홉 명을 각각 데리고 인간 세계로 나가라."

그러자 갑자기 큰 바람이 일어나 모두를 공중으로 날
아 올려 사면팔방으로 흩어지게 했다.

진채봉과 미래를 약속한 양소유

성진이 저승사자를 따라 바람에 실려 가다가 한 곳에 다다르자, 바람이 비로소 멈추고 두 발이 땅에 닿았다. 성진이 놀라 눈을 들어 보니 울창한 푸른 산이 사방에 둘러 있고 잔잔하고 맑은 시내가 여러 갈래로 흘렀으며 대나무 울타리가 있는 초가집이 몇 채 있었다.

저승사자가 성진을 이끌고 한 집으로 가더니 문밖에서 기다리라 하고 안으로 들어갔다. 성진이 한동안 서 있다가 두어 사람이 한가롭게 이야기 나누는 소리를 들었다.

"양 처사 부인이 오십이 넘어 태기가 있어서 참으로

드문 일이라 했는데 해산할 때가 되었는데도 아직 아기 울음소리가 나지 않으니 희한하네."

성진은 가만히 생각했다.

'내가 이제 세상에 환생하겠지만 지금의 신세로는 정신뿐이고 몸은 연화봉 위에 있어 이미 화장을 했겠구나. 나이가 어려 제자가 없으니 누가 내 사리를 거두어 주었을까?'

성진은 처량한 마음이 되었다. 이때 저승사자가 손짓하며 불렀다.

"이곳은 양 처사의 집이다. 처사는 네 아버지고, 유씨는 네 어머니다. 네가 전생의 인연으로 이 집 아들이 되는 것이니 속히 들어가 때를 놓치지 말아라."

성진이 들어가 보니 처사가 소박한 의복을 입고 대청 위에 앉아 있었고 약탕이 가까이 있어 향내가 코를 찔렀는데 방 안에서 부인의 신음소리가 은은하게 들렸다.

저승사자가 서둘러 방에 들어가라 재촉했지만 성진은 마음이 안 놓여 머뭇머뭇했다. 이윽고 저승사자가 힘껏 성진을 밀치자 성진은 공중에 엎어져서 정신이 아득해지고 천지가 바뀌는 것 같았다.

'살려줘!'

성진은 소리를 질렀지만 소리가 목구멍 밖으로 나오지 않고 아기 울음소리만 나왔다.

바로 이때였다. 양 처사가 부인의 약을 달이다 문득 아이 울음소리가 나는 것을 듣고 방으로 들어가 보니 부인이 아들을 순산했다.

산파가 축하하면서 말했다.

"아이 울음소리가 크니 큰 인물이 되겠습니다."

양 처사와 부인은 무척 기뻐했다.

그 뒤로 성진은 배고프면 울고 젖 먹고 하면서 처음에는 남악 연화봉을 잊지 않았는데 점점 자라면서 부모의 정을 알게 되자 전생의 일은 까맣게 잊고 기억하지 못하게 됐다. 양 처사는 아들의 골격이 빼어난 것을 보고 머리를 쓰다듬으며 말했다.

"이 아이는 분명 하늘나라 사람으로 지상에 내려왔을 거야."

양 처사는 이름을 '소유'라 하고 자를 '천리'라 했다.

인간 세상의 세월이 물 흐르듯 흘러 소유의 나이 열 살이 되니 얼굴은 옥으로 다듬은 듯하고 눈은 샛별 같고 글재주가 뛰어나고 지혜가 어른보다 나았다.

양 처사는 부인에게 말했다.

"나는 원래 이 세상 사람이 아닌데 부인과 인연이 있어 오랫동안 이곳에 머물렀다오. 봉래산 신선 친구들이 편지를 보내서 오라고 했지만 부인의 외로움을 염려해 가지 않았는데 이제 아들이 이토록 영특하니 부인이 의지할 곳을 얻었구려. 말년에 부귀영화를 누릴 것이니 부디 나를 생각하지 마시오."

그러다 어느 날, 모든 도사가 양 처사의 집에 모이더니 함께 흰 사슴과 푸른 학을 타고 깊은 산골로 들어갔다. 그 뒤로는 가끔 공중에서 편지만 보내고 집에는 다시 돌아오지 않았다.

양 처사가 떠난 뒤 유씨 부인과 소유는 서로를 의지하며 세월을 보냈다. 수년이 흐르고 소유의 재주와 명성이 알려지게 되었다. 고을 태수가 신동이라며 조정에 추천했지만 소유는 모친을 두고 떠나기 어려워 조정에 나가지 않았다.

소유가 열네 살이 되자, 용모와 기상이 빼어나고 문장은 출중하며 활쏘기와 칼쓰기는 능숙해져 세상 사람들과 비교가 되지 않았다.

하루는 소유가 유씨 부인에게 말했다.

"아버님이 천상으로 가시면서 저에게 집안을 맡기셨는데 집이 가난해 어머님이 근심이 많으십니다. 제가 집 지키는 개나 돼 세상에 이름을 떨치지 않는다면 이것은 아버님이 바라던 바는 아닐 겁니다. 이제 서울에서 과거를 열어 선비를 뽑는다고 하니 제가 잠깐 집을 떠나 과거를 보러 가려고 합니다."

유씨 부인은 먼 길을 떠나는 것이 걱정되었지만 소유의 뜻과 기상이 평범하지 않음을 보고 막지는 않았다.

양소유는 서동과 나귀 한 마리와 길을 떠난 지 며칠만에 화주 화음현에 이르렀다. 서울은 점점 가까워지고 있었고 자연의 경치는 매우 화려했다. 과거 날이 아직 많이 남아 있어 하루 수십 리를 가서 산수를 찾고 고적을 유람하니 나그넷길이 쓸쓸하지 않았다.

양소유는 멀리 바라보다 푸르고 푸른 버드나무 수풀 사이로 아름다운 작은 누각을 발견했다. 양소유가 나귀에서 내려 천천히 가 보니 버들가지가 가늘고 길게 땅까지 드리워져 마치 실처럼 바람에 나부끼는 것이 구경할 만했다.

　'우리 초나라 땅에도 아름다운 나무가 많지만 이런 버들은 처음 보는구나.'

　양소유는 버드나무를 보고 〈양류사〉를 지어 읊었다.

　시 읊는 소리가 맑고 깨끗했다. 봄바람이 이 소리를 거두어 누각으로 올려보내니 누각에 있는 옥같이 예쁜 여인이 봄 잠에 빠졌다가 시 읊는 소리에 깨어났다. 창문을 열고 난간에 기대 바라보는 여인과 우연히 양소유의 두 눈이 마주쳤다. 여인은 구름 같은 머리를 귀밑까지 드리웠고 옥비녀는 반쯤 기울어졌으며 봄 잠이 부족한 듯한 모습이 말로 표현할 수 없을 정도로 아름다웠다.

　두 사람이 서로 보기만 하고 아무 말도 못 하고 있었는데 서동이 양소유를 불렀다.

"저녁밥이 다 되었습니다."

여인이 창문을 닫자, 향내만 바람에 실려 왔다. 양소유는 서동이 원망스러웠지만 여인을 다시 만나기 어려운 줄 짐작하고 서동을 따라 돌아왔다.

이 여인은 성은 진씨고 이름은 채봉으로 진 어사의 딸이었다. 여인은 어머니를 일찍 여의고 홀로 아버지를 모시고 있었고 아직 혼인을 약속한 사람이 없었다. 진 어사가 서울에 가 있어 혼자 집에 남아 있었는데 뜻밖에 비범한 양소유를 보고 그 재주를 흠모하게 되었다.

채봉은 급히 편지를 써서 유모에게 주며 말했다.

"이 편지를 가지고 가서 아까 작은 나귀를 타고 이 누각 아래에 와서 시를 읊던 선비를 찾아 전해라. 내가 꽃다운 인연을 맺어 이 한 몸을 맡길 뜻이 있음을 알아차리게 해라. 선비는 용모가 옥 같고 눈썹이 그림 같아서 사람이 많아도 우뚝하니 봉황이 닭 무리 속에 있는 것 같을 것이다. 유모는 선비를 찾아 직접 편지를 전해라."

"아씨의 명대로 하겠지만 다음에 어르신이 물으시면 무엇이라 하실 겁니까?"

"그것은 내가 감당할 것이니 걱정하지 마라."

"만일 그 선비가 이미 혼인했거나 정혼한 것이 있으면 어떻게 합니까?"

채봉이 잠깐 생각하다 말했다.

"불행히 혼인했다 해도 둘째 아내가 되기를 꺼리지 않겠지만 이분의 나이가 젊어 보이니 아직 혼인하지 않았을 것이다."

유모가 양류사를 읊던 선비를 찾는 것을 마침 양소유가 보고 물었다.

"양류사를 지은 선비가 나요. 그런데 왜 나를 찾으시오?"

유모는 양소유의 용모를 보고 의심하지 않고 물었다.

"선비께서는 어디서 양류사를 읊으셨습니까?"

"저는 먼 곳에서 와서 구경하다가 큰길 누각 앞에 있는 버드나무가 하도 아름다워서 우연히 시를 읊었소. 그런데 그건 왜 묻는가?"

"선비께서는 그때 누군가를 보셨습니까?"

"그때 한 여인이 고운 모습을 하고 누각에 있었는데

26

좋은 향내가 났다네."

유모가 말했다.

"그 집은 우리 진 어사 댁입니다. 그 여인은 우리 아씨지요. 아씨는 총명하고 무엇보다 사람을 보는 능력이 있습니다. 선비를 한 번 보고는 일생을 맡기고 싶어 하셨지만 어르신께서 서울에 계셔서 허락을 받고 나면 선비께서 이미 이곳을 떠났을 테니 어디서 찾겠습니까? 그래서 아씨는 부끄러움을 무릅쓰고 저를 보내 선비의 성씨와 고향을 알아보고 혼인하셨는지도 알아 오라 하셨습니다."

이 말을 들은 양소유는 기뻐하며 말했다.

"아씨가 나를 마음에 들어 한다니 은혜를 어찌 잊을까. 나는 초나라 사람이라 집에 늙은 어머님이 계시니 혼인은 양가 부모에게 알리고 해야겠지만 혼인을 언약하는 내 마음은 변하지 않을 것이네."

양소유는 즉시 시 한 수를 지어 유모에게 주었고 양소유의 시에 채봉은 감격해 날이 밝으면 잠깐 만나 언약을 정하자는 이야기를 유모를 통해 양소유에게 전했다.

양소유는 삼월의 밤이 긴 것을 한탄하며 날이 밝기를 기다렸는데 새벽녘에 수많은 사람의 말소리가 물 끓듯이 서쪽에서 들렸다. 양소유가 놀라 길에 나가 사람에게 물어보니 서울에 변이 나서 구사량이 황제라 칭하는 바람에 천자(옛날 중국에서 주권을 가지고 있는 사람을 부르던 별칭)는 양주로 피난하시고 적병들이 사방으로 흩어져 집을 강제로 빼앗는다고 했다.

양소유는 깜짝 놀라 서동을 데리고 남전산의 깊은 산골로 들어갔는데 산 위에 초가집이 있었다.

흰 구름이 자욱하게 끼어 있고 학 우는 소리가 맑아 높은 사람이 있는 곳이라 생각하고 올라가니 도인이 앉아 있었다.

"피난하는 사람이구나."

도인이 말했다.

"맞습니다."

"회남 양 처사의 아들이냐? 얼굴이 닮았구나."

양소유는 눈물을 머금고 맞다고 대답했다.

"자네 부친이 나와 함께 자각봉에서 바둑을 두고 갔는데 편안히 잘 있으니 슬퍼하지 말게. 자네가 이미 여기 왔으니 머물다가 길이 트이거든 돌아가게나."

도인은 양소유에게 거문고와 통소를 주며 나중에 반드시 쓸 곳이 있을 것이라고 일러 주었다. 도인은 또 책한 권을 주면서 말했다.

"이 책을 익히면 비록 수명을 연장할 수는 없지만 병이 없을 것이고 늙는 것을 물리칠 수 있을 거네."

양소유가 절을 하고 물었다.

"제가 회음현에서 진씨 여인을 만나 혼인을 언약했는데 난리가 나서 여기 왔습니다. 이 혼인을 할 수 있겠습니까?"

도사가 웃으며 말했다.

"혼인의 길이 어두워서 밤 같구나. 어찌 천기를 누설하겠느냐. 너의 인연은 여러 곳에 있으니 진씨 여인에 연연하지 말거라."

다음 날 양소유가 도인에게 절하고 거문고와 통소를 챙겨 산에서 내려오며 돌아보니 도인의 집은 간 곳이 없었다.

양소유가 산에 들어올 때는 버들꽃이 지지 않았지만 하룻밤 사이에 바위에 국화꽃이 만발했다. 사람들에게 물어보니 이미 팔월이 되었고 천자가 다섯 달 만에 역적을 평정하고 과거를 내년 봄으로 연기했다고 했다.

양소유는 진 어사의 집을 찾아가 보았다. 버들은 우거져 있는데 누각과 담은 무너졌고 아무 소리 없이 고요했다. 양소유는 객점에 가서 주인에게 물었다.

"진 어사 댁이 어떻게 된 겁니까?"

주인은 혀를 차며 대답했다.

"모르셨군요. 진 어사는 서울에 있고 소저가 종을 데리고 집에 있었는데, 진 어사는 역적이 내린 벼슬을 받았다고 해서 처형당했고, 소저는 서울로 끌려갔습니다. 죽었다는 이야기도 있고 궁녀가 되었다는 이야기도 있습니다."

양소유는 이 말을 듣고 눈물을 흘렸다.

'남전산의 도인이 혼인이 밤같이 어둡다고 했으니 아마도 죽었을 것이야.'

양소유가 고향으로 돌아오자 유씨 부인은 마치 죽은 사람이 살아 돌아온 듯이 껴안고 울었다.

계섬월에게 시를 바치다

해가 지나 양소유가 다시 과거를 보러 서울로 향하려
하자 유씨 부인이 말했다.

"네가 벌써 열여섯인데 정혼한 곳이 없으니 걱정이
다. 우리 마을은 외진 곳이라 네 배필을 찾기 어렵구나.
서울에 내 외사촌 누이가 있는데 생각이 많고 재상의
집과 왕래를 자주 하니 도와줄 것이다."

양소유는 진 어사의 딸 이야기를 전했다.

그러자 유씨 부인은 아마 죽었을 것이라며 새 인연을
찾기를 바랐다.

양소유는 어머니께 절하고 서울로 나서 며칠 후 낙양

에 도착했다.

한 객점에 자리를 잡고 술을 마시는데 그리 좋은 술이 아니었다. 주인에게 좋은 술이 없는지 물으니 이 가게에는 없고 천진교 옆의 객점에서 파는 낙양춘이라는 술이 매우 좋다고 알려 주었다.

양소유는 낙양은 예로부터 황제의 도시이고 번화한 곳이라 말을 들은 김에 경치를 구경하러 가기로 했다.

양소유가 낙양에 도착해서 보니 화려함이 듣던 바와 같았다. 양소유는 멀리 보이는 화려한 주루로 갔다. 그곳이 바로 객잔 주인이 말하던 낙양춘을 파는 곳이라는 것을 알아본 것이다.

주루에는 멋진 말들이 즐비하고 풍류 소리가 들려 왔다. 양소유가 하남의 부윤이 잔치를 벌이는 것인가 싶어 물어보니 성안의 공자들이 이름난 창기를 모아 놓고 봄 경치를 구경한다고 했다.

양소유가 주루에 들어가니 사람들이 자리를 만들어 주었다. 그중 노 선비가 양소유에게 물었다.

"양 선비의 행색을 보니 과거를 보러 가는 듯합니

다."

"그렇습니다."

양소유가 대답하자 왕생이라는 자가 말했다.

"비록 초대하지 않은 손님이지만 과거를 보러 가는 선비이니 오늘 모임에 참석해도 좋을 것 같소."

양소유는 겸양하며 모임에 참여해 술을 마시면서 주위를 둘러보았다. 창기가 이십여 명 있었는데 한 사람만이 단정히 앉아 있는 것이 보였다. 노래도 부르지 않고 앉아 있는데 그 미모가 이루 말할 수 없었다. 게다가 그 창기 앞에는 아름다운 종이에 쓴 시들이 수북이 쌓여 있었다.

"아름다운 글들을 한번 구경이나 해 봅시다."

양소유가 말하니 그 미인이 양소유 앞에 글을 가져다주었다. 양소유가 보기에 좋고 나쁨이 있었으나 전체적으로 평이해 실망스러워하고 있는데 왕생이 다가와 말했다.

"이게 단순히 서로의 시를 읽고 즐기는 자리가 아니요. 원래 낙양에는 인재가 많아 낙양 사람이 장원 아니

면 방안(2등)이나 탐화(3등)는 한다오. 그런데 우리끼리
는 우열을 가릴 수 없어 저 낭자에게 보이는 것이오. 저
낭자의 이름은 계섬월이고 그 미모가 뛰어날 뿐 아니라
시와 문장을 모르는 것이 없소. 또 그녀가 글을 보고 과
거의 당락을 알려 주는데 틀린 적이 없소. 또 묘한 것이
있는데, 계섬월이 뛰어난 시를 보고 노래를 부르면 그
시의 임자를 계섬월의 집으로 보내 하룻밤을 보내는 상
을 주기로 했소."

양소유는 사양하는 척했으나 계섬월의 얼굴을 보고
흥이 나서 붓을 들었다. 붓이 민첩하고 힘 있게 움직이
는 것을 보고 모두 크게 놀랐다.

양소유가 시를 바치니 계섬월이 맑은 노래를 불렀다.
노랫소리가 하늘로 올라가니 좌중의 얼굴색이 바뀌었
다. 양소유는 사람들이 자신을 질시하는 것을 알고 말
했다.

"아주 좋은 기회를 얻어 감사했습니다. 갈 길이 바빠
오늘은 이만 떠나도록 하겠습니다."

주루에서 나와 양소유가 나귀를 타려 하는데 한 여인

이 그를 잡고 말했다. 바로 계섬월이었다.

"다리 남쪽에 앵두꽃이 무성한 집이 있는데 그곳이 첩의 집입니다. 먼저 가서 기다리십시오."

계섬월이 주루로 돌아오니 사람들이 말했다.

"양가는 원래 구경꾼이니 오늘 경연에서 제외해야 하오."

그러자 계섬월이 말했다.

"그렇게 약속을 저버리면 안 됩니다. 아직 술과 노래가 남았으니 여러분은 더 즐기시기를 바랍니다. 첩은 몸이 안 좋아 이만 물러가겠습니다."

양소유는 객잔에 들렀다가 날이 저문 뒤에 계섬월에게 찾아갔다. 계섬월이 권주가를 부르며 술을 권하니 간장이 끊어질 듯했다. 서로에게 이끌려 잠자리에 들었는데 선녀를 만나도 이보다 즐거울 수 없었다.

밤이 깊어 가자 계섬월이 침상에서 말했다.

"첩은 원래 소주 사람인데 아비가 이 땅에서 벼슬을 하다가 그만 객사하고 말았습니다. 집이 가난해 아비의 시신을 고향으로 옮길 돈이 없자, 계모가 저를 기방에 팔아 버렸습니다. 첩은 언젠가 군자를 만나기만 고대하며 치욕을 참으며 기다려 왔습니다. 첩의 집은 서울로 가는 큰길에 있어 수많은 사람이 말에서 내렸으나 낭군과 같은 사람은 없었습니다. 이제 저를 거두어 주신다면 종이 되더라도 따르겠습니다."

양소유가 그 말을 듣고 말했다.

"나도 그대와 뜻이 같으나 난 가난한 서생일 뿐이오. 그대와 해로하려 하면 노모가 허락하지 않을 것이고, 첩으로 삼으려 하면 그대가 싫어할 것이요. 게다가 정실 또한 어디서 구할 수 있겠는가."

계섬월이 말했다.

"무슨 말을 하십니까? 낭군보다 나은 재주를 가진 사람은 없습니다. 과거에서 장원은 물론이요 장차 승상과 대장이 되실 것이니 천하미인이 모두 낭군을 찾을 것입니다. 저는 낭군의 사랑을 독차지할 생각이 없으니 어진 부인을 만난 후에 버리지나 마십시오."

"작년에 화주에서 만난 진씨 여자가 용모와 재주가 그대와 비견할 만했는데 이제 없으니 어디서 또 숙녀를 구할 수 있겠소?"

"진 어사의 딸을 말하는 것이군요. 저와는 친하게 지냈으나 이미 허사가 되었으니 다른 데를 구하십시오."

양소유는 낙심하며 말했다.

"예로부터 아름다운 이는 동시에 태어나지 않는다고 했소. 진 낭자와 섬월이 이미 있으니 이미 신령한 기운은 다한 것 같소."

계섬월이 웃으며 말했다.

"낭군은 우물 안 개구리 같습니다."

계섬월이 창가에서 들리는 이야기를 해주었다.

천하에는 청루삼절이라 불리는 미인 세 사람이 있다고 했다. 그중 한 명이 계섬월이고 다른 두 명은 하북의 적경홍과 강남의 만옥연이었다. 적경홍은 계섬월과 자매 같은 사이인데 양민의 딸로 일찍 부모를 여의어 친척에게 의지하며 살았다. 열 살부터 미색이 빼어나 매파가 구름같이 몰렸지만 적경홍은 이를 모두 물리쳤다. 세상의 영웅호걸이 아니면 짝이 될 수 없다는 것이었다. 결국 적경홍은 시골에서 영웅호걸을 구할 수 없음을 알고 스스로 기녀가 되었다.

계섬월의 이야기를 들은 양소유가 말했다.

"청루(기녀들이 머무는 집)에는 인재가 많지만 규중(사대부 집안 부녀자가 머무는 집)에는 인재가 없을 듯하오."

계섬월이 대답했다.

"규중이라고 인재가 없을까요. 정 사도의 딸이 당대 제일이라고 하니 서울에 가시면 살펴보시기 바랍니다."

날이 밝아 두 사람은 눈물을 흘리며 다시 만날 날을 기약하고 헤어졌다.

정경패 앞에서 거문고를 연주하다

　여러 날이 지나 양소유는 서울에 도착해 유씨 부인이 소개해 준 모친의 외사촌 두련사를 찾아갔다. 유씨 부인의 전갈을 미리 받은 두련사는 양소유에게 어울리는 규수로 정 사도의 딸을 추천했다. 양소유는 계섬월에게 이미 이야기를 들었던지라 정 사도의 딸을 실제로 보고 싶었다.

　하지만 재상(정 사도)의 집은 담이 높고 문이 많아 정 소저를 만날 길이 없었다.

　"무슨 방도가 없을까요?"

　양소유가 부탁하자 두련사가 방도를 알려 주었다.

재상의 부인은 풍류를 좋아하고 정 소저는 음률에 정
통하니 새 곡조를 연주하는 사람이 있다면 청하여 그
소리를 들으려 하리란 것이었다. 다만 양소유에게는 여
도사로 변장하라고 권했다.

양소유는 이를 따르기로 했다.

나흘 후 영보도인(신선 중 한 명)의 탄신일이라 재상의
부인은 소저의 유모인 노파에게 향촉을 가지고 두련사
를 찾아가라고 했다.

노파가 찾아와 공양을 하고 돌아가려 하는데 안에서
처음 듣는 거문고 소리가 났다. 노파는 두련사에게 물
어보았다.

"이 곡조는 처음 듣는데 누구의 소리입니까?"

두련사가 대답했다.

"회남에서 온 여 도사가 한 명 있는데 거문고 소리가
좋은 건가요?"

"우리 부인이 들으면 부를 법한 소리입니다. 부디 떠
나보내지 마시고 붙들어 두세요."

양소유가 그 말을 듣고 초조하게 기다리는데 과연 정

사도의 집에서 거문고를 타는 여 도사를 초청했다.

양소유가 도착해 인사하자 부인이 맞이했다. 양소유는 부인에게 청했다.

"제가 비록 소리를 배웠으나 옛 소리라 좋고 나쁨을 알지 못합니다. 두련사에게 들으니 소저가 매우 총명하여 곡조를 잘 아시는 듯합니다. 소저에게 가르침을 받기를 원합니다."

"그렇게 하지요."

부인이 시녀를 시켜 소저를 부르니 곧 어디선가 향기로운 바람이 불었다. 앉은 자리가 멀자 양소유는 가까이 보려 다시 청했다.

"가르침을 받으려 하는데 거리가 멀어 자세히 듣지 못할까 염려가 됩니다."

부인이 시녀에게 명해 자리를 옮겨 주었는데 옆자리라 앞에서 볼 때보다 못했다.

양소유가 거문고를 타자 소저가 이를 평했다.

"아름다운 곡이군요. 그러나 이는 세속의 소리라 다른 곡조를 들었으면 합니다."

양소유가 다른 곡을 연주했다. 그러나 소저는 칭찬하기는 하지만 이런저런 이유를 들어 다른 곡을 연주하게 했다. 양소유의 깊이를 측정하던 소저는 죽림칠현 계강이 죽으면서 연주했다는 〈광릉산〉을 듣고부터는 얼굴색이 바뀌었다.

이윽고 여덟 번째 연주에서는 양소유를 칭찬하며 말했다.

"지극히 높고 아름다우니 이보다 나은 소리는 없습니다. 다른 곡조가 있다 해도 어찌 더 원할 수 있겠습니까."

"곡조가 아홉 번 바뀌면 하늘에서 신선이 내려온다 했습니다. 한 곡조만 더 탈까 합니다."

양소유가 한 곡조를 더 연주하니 뜰앞의 꽃봉오리가 벌어지고 제비와 꾀꼬리가 춤을 추었다. 하지만 정 소저는 얼굴에 붉은빛이 역력하더니 양소유를 한번 바라보고는 자리를 떠나 버렸다. 양소유는 혹시 들킨 것인가 싶어 불안해 자리를 오래 지키지 못하고 하직하며 말했다.

"소저가 불편한 듯하니 저도 물러나겠습니다."

부인은 사례를 하려 했지만 양소유는 큰 가르침을 받았다며 사양했다.

한편 침실로 돌아온 정 소저는 가춘운이라는 시녀를 불렀다.

가춘운의 아버지는 정 사도 집의 아전이었는데 열 살 된 춘운을 남겨 둔 채 병들어 죽었다. 정 사도 부부는 가엽게 여겨 춘운을 거두어 정 소저와 함께 놀도록 했고 이들은 자매처럼 지냈다. 가춘운은 나이는 정 소저의 몇 달 아래고 기품은 정 소저에게 미치지 못하나 절세가인이었다.

"어떤 여 도사가 거문고를 탄다고 해서 나왔는데 어찌 그리 빨리 갔나요?"

가춘운이 묻자 정 소저가 얼굴을 붉히며 대답했다.

"내가 지금까지 몸가짐을 바르게 하고 외부인을 만난 적이 없는데 큰 희롱을 당한 듯하구나."

"무슨 일을 당하셨기에 그럽니까?"

"여 도사의 거문고 소리가 좋아 점차 빠져들어 칭찬

하고 있는데, 마지막이라며 사마상여가 탁문군을 유혹한 곡인 〈봉구황〉을 연주하더구나. 그래서 찬찬히 살펴보니 여자의 몸가짐이 아니었다. 분명 나를 엿보러 왔을 것이야. 규중처녀가 생전 처음 본 남자와 말을 섞었으니 이런 치욕이 어디 있겠느냐?"

춘운이 웃으며 말했다.

"미모가 빼어나고 기상이 호방하며 음률도 능통하니 재주가 없지는 않은 듯합니다."

"그렇다 하더라도 나는 절대 탁문군이 되지 않을 것이야."

하루는 정 사도가 새로 난 급제자 명단을 가지고 돌아왔다.

"아이의 혼사를 정하지 못하였는데 찾은 것 같소. 장원급제한 양소유는 회남 사람인데 글을 칭찬하지 않는 사람이 없었소. 풍채 또한 빼어나니 사위로 삼으면 족할까 하오."

부인이 말했다.

"그렇다 하더라도 얼굴은 보고 정해야지요."

정 소저는 이 말을 듣고 가춘운에게 찾아와 말했다.

"지난번에 거문고를 타던 여 도사도 초나라 사람이라고 하고, 이번에 장원급제한 양소유도 초나라의 회남 사람이라고 하니 의심이 되는구나. 이 사람이 찾아오면 자세히 살펴보거라."

"저는 그 사람을 본 적이 없으니 문 안에서 엿보도록 하겠습니다."

이때 양소유는 전시까지 장원에 올라 한림학사가 된 덕에 그의 앞에 매파가 줄을 섰다. 그러나 양소유는 모두 물리치고 정 사도의 편지만 소매에 넣고 정 사도를 찾아갔다.

가춘운은 일전에 여 도사를 본 적 있는 시녀에게 양소유와 비슷한지를 물었다. 그러자 시녀는 과연 그러하다고 답했다. 춘운은 이 소식을 정 소저에게 전했다.

정 사도는 양소유에게 구애의 뜻을 전했는데, 양소유도 같은 뜻임을 알고 매우 기뻐했다. 부인은 정 소저를 불러 말했다.

"양소유가 아주 재주 있는 사람이라 부친이 이미 혼

사를 허락했단다."

정 소저는 대답했다.

"양소유가 재주가 좋다 하나 꺼리는 바가 있어 혼인이 마땅치 않은 듯합니다."

부인이 말했다.

"어떻게 한 번도 본 적 없는 네가 꺼리는 것이 있느냐?"

"부끄러워서 말씀드리지 못했으나, 이전에 찾아온 여도사가 바로 양소유입니다. 간사한 꾀로 규중을 엿보고 갔는데 어찌 꺼림이 없겠습니까?"

이때 정 사도가 양소유를 보내고 나서 크게 기뻐하며 들어왔다.

"경패(정 소저의 이름)야. 오늘 사위를 얻었으니 매우 기쁘구나."

"아이의 뜻은 우리와 다른 듯합니다."

부인이 소저의 말을 전했는데 오히려 정 사도는 더욱 기뻐했다.

"우리 사위가 풍류가 넘치는구나. 숙녀를 위해 잠시

여복을 입은 것이 무슨 해로움이 있을까? 예물은 먼저 받고 이후 대부인을 모셔와서 정식 혼례를 치르기로 했으니, 양소유를 별당에 모시고 사위의 예를 다 하도록 하시오."

양소유를 속인 가춘운

하루는 부인이 양소유의 식사를 준비하고 있는데 정경패가 찾아와 말했다.

"제가 식사를 준비해야 마땅하나 아직 혼례를 올리기 전이라 도리에 맞지 않을 듯합니다. 춘운을 별당에 보내 양소유의 안 일을 보게 함이 좋지 않을까 합니다."

부인이 말했다.

"춘운의 아비가 우리 집에 공이 있고 춘운 또한 인물이 뛰어나니 좋은 배필을 찾아주려 했었다. 너를 따라가는 건 그 아이가 원하는 바가 아닐 것이다."

정 소저가 말했다.

"춘운은 저를 따라가려 합니다."

"시녀가 신행길에 따라가는 것은 예사로 있는 일이지만 춘운의 재주가 출중해 너와 함께 가는 것은 마땅하지 않을 듯하다."

"양소유는 규방에 들어와 처녀를 희롱하는 기상이 있고 앞으로 장상이 될 재목이라 앞으로 몇 명의 여자를 거느릴지 알지 못합니다."

마침 정 사도가 들어와 앉자 부인은 정경패의 뜻을 전했다.

"경패가 춘운을 양소유의 첩으로 보내 시중을 들게 하자 합니다."

정 사도도 흔쾌히 허락했다.

"좋은 생각이오. 하지만 예를 차리고자 하면 혼례 전이라 마땅하지 않으니 어떻게 하면 좋겠소?"

정경패가 나섰다.

"이전에 속은 것이 있어 제가 춘운과 함께 분을 풀려고 하니 맡겨 주십시오."

정경패의 이야기를 들은 정 사도는 크게 웃으며 허락

했다.

정경패는 사도의 조카 중 한 명인 정십삼과 가춘운에게 계략을 말해주었다.

하루는 정십삼이 양소유에게 권했다.

"성 남쪽에 산수가 빼어난 곳이 있는데 같이 가 보지 않겠소?"

양소유가 허락하고 같이 십여 리를 가서 보니 시냇물을 끼고 도는데 무릉도원이 따로 없었다.

정십삼이 양소유에게 말했다.

"여기에서 십여 리를 가면 신선의 풍류가 들려온다고 하오."

그때 갑자기 정십삼 집의 종이 와서 집안 사람이 아프다고 전했다.

"같이 신선을 찾으려 했는데 집안일 때문에 바삐 돌아가야겠소."

정십삼은 그렇게 말하고 말을 타고 돌아가 버렸다. 혼자 남은 양소유는 경치가 아름다워 흐르는 물을 따라 점점 안으로 들어갔다.

그때 시냇물에 계수나무 잎이 떠내려 왔는데 건져서 보니 글씨가 쓰여 있었다.

'신선의 개가 구름 밖에서 짖으니 양랑이 오는가 보다.'

양소유는 더욱 신기하게 여겨 십 리를 더 안으로 들어갔다. 그러자 어느덧 해가 졌다. 잘 곳을 구하지 못해 양소유는 당황하기 시작했다.

그때 시냇물에서 옷을 씻고 있는 한 소녀가 보였다. 소녀는 양소유를 보더니 뛰어가며 소리쳤다.

"낭자, 낭군이 오십니다!"

이상하게 생각한 양소유가 소녀의 뒤를 쫓아 산을 돌아가 보니 작은 집이 있었다. 그리고 한 여인이 푸른 복숭아꽃 아래서 달빛을 받고 있는 게 보였다.

"어찌 지금 오십니까?"

양소유는 답했다.

"소생은 속세의 사람인데 어찌 선녀께서 알은 척을 하시오?"

"정자에 가서 말씀을 나누시지요."

정자로 가니 여동자가 주안상을 차려 왔다.

"첩은 원래 서왕모의 시녀였고, 낭군님은 신선이셨습니다. 낭군님이 옥황상제의 명으로 서왕모를 뵈러 가던 길에 저를 보시곤 신선의 과일로 희롱하니, 옥황상제께서 노하셔서 낭군은 인간 세상으로 보내고 저는 산중으로 귀양을 보냈던 것입니다. 저는 다시 서왕모에게 돌아가게 되었으나 낭군님을 뵙고 가려고 하루의 시간을 얻었습니다."

달이 높고 은하수가 길어지니 서로를 이끌어 침실로 들어가 사랑을 나누었다.

다음 날 하늘로 돌아가야 할 여인은 비단 손수건에 시를 써서 양소유에게 주었고, 그에 대한 답시를 양소유는 소매를 찢어 거기에 적어 주었다. 이들은 이렇게 눈물의 이별을 했다.

여인을 잊지 못한 양소유는 다음 날 산속의 작은 집을 찾아왔으나 빈 누각만 적막했다.

며칠 후 정십삼이 찾아와 이전에 같이 놀지 못한 것을 섭섭해서 양소유는 다시 산을 찾았는데 보지 못했던 무덤이 하나 있었다. 그런데 그 무덤에 양소유가 소매에 적어 주었던 이별 시가 있는 것이 아닌가. 그곳은 스무 살에 죽은 미인 장여랑의 무덤이라고 정십삼이 설명해 주었다.

양소유는 생각했다.

'아하, 장여랑이 어제 본 그 선녀였구나. 선녀면 어떻고 귀신이면 어떠리. 이것도 인연인 것을.'

양소유는 무덤에 술을 뿌리며 조용히 말했다.

"이승과 저승이 다르지만, 우리의 정은 다르지 않으니 오늘 밤 다시 만나기를 원합니다."

이날 돌아와서 양소유는 장여랑을 그리워했다. 그런데 밖에서 발자국소리가 들려 내다보니 수풀 사이로 소복을 입은 여인이 보였다.

"낭군께서는 제가 선녀가 아니라 귀신이라는 것을 알고도 어찌 꺼림이 없으십니까? 낭군께서 오늘 제 넋을 위로해 주었기에 이렇게 왔나이다."

양소유가 대답했다.

"귀신을 꺼리는 자는 어리석은 사람이요. 그대와 나

사이에는 정밖에 없소."

양소유는 여인을 이끌어 침실로 들어왔다. 이후 사랑을 나누니 정이 전보다 더 쌓였다.

"이제 밤마다 만날 수 있는 것이요?"

"낭군이 저를 생각하시면 제가 어떻게 기대지 않을 수 있겠습니까?"

여인은 대답하고는 새벽 북소리가 들리자 수풀 깊은 곳으로 사라졌다.

이후로 양소유는 별당 밖으로 나가지 않고 밤이면 여인을 만나는 데만 전념했다.

그러던 어느 날 정십삼이 한 사람을 데리고 와서 소개해 주었다.

"이 사람은 태극궁 두 진인이라 하는데 관상을 아주 잘 본다오. 그래서 양 형의 관상을 한번 보라고 데리고 왔소."

진인이 양소유의 관상을 보고 말했다.

"분명 정승에 오르고 병권을 잡아 대장에도 오를 상이요. 다만 한 가지 비명횡사할 액운이 있으니 그것만

조심하면 되겠소."

양소유가 궁금해서 물었다.

"길흉화복은 내 하기에 달렸지만, 비명횡사라니. 어떤 중병에 걸리는 것이오?"

"그건 아니고 주변에 사악한 기운이 있습니다. 혹시 시녀 중에 의심이 가는 사람이 있소?"

"그런 일은 없는 것 같소."

"그러면 꿈속에서 귀신을 만난 적 있소?"

"그런 일도 없소."

양소유는 속으로 장여랑을 떠올렸으나 그간 정이 들었고, 게다가 자신에게 해를 끼칠 일이 없다고 믿었다. 그래서 아무 일도 없다고 얼버무리고는 술을 먹고 잠이 들었다.

잠에서 깨어나니 다른 사람들은 돌아갔고 어둠이 짙게 깔려 있었다. 양소유는 향을 피우고 장여랑이 오기를 기다렸다. 그러나 그날은 아무리 기다려도 오지 않기에 잠자리에 들었는데 어디서 여인이 우는 소리가 들렸다.

양소유가 창밖을 보니 장여랑이 슬피 울고 있었다. 왜 그리 슬피 우느냐고 물어보니 장여랑이 대답했다.

"낭군이 도사의 부적을 머리에 감추었으니 첩이 어찌 가까이 가겠습니까? 이제 헤어지자는 뜻으로 알겠습니다. 이제 영원히 이별입니다. 부디 건강히 지내십시오."

놀라서 양소유가 뛰어나갔으나 이미 장여랑은 사라진 뒤였다. 양소유가 이상하게 여겨 머릿속을 만져 보니 부적이 튀어나왔다. 술에 취한 뒤 정십삼이 한 일이 분명했다.

"정십삼이 내 일을 다 망쳤구나."

분하기도 하고 장여랑이 그립기도 해서 양소유는 먹지도 않고 자지도 않았다.

며칠 후 정 사도가 부인과 함께 주안상을 차려 놓고 양소유를 초대했다. 그 자리에는 정십삼도 있었다. 양소유는 정십삼을 보고 불편한 기색을 감추지 않았다.

정 사도가 양소유를 보고 말했다.

"우리 사위가 왜 이렇게 얼굴이 초췌하고 기분이 나쁜 듯하오?"

그 말을 듣고 옆에 있던 정십삼이 말했다.

"제가 별당에 귀신이 있는 듯해 쫓아 보냈는데, 고맙다고는 못 할망정 저리 화를 내고 있습니다."

양소유가 그 말에 대꾸했다.

"정 형이 좋은 뜻으로 한 일인지는 알겠으나 장여랑은 정이 많아 사람을 해할 리 없었습니다. 그런데 괴이한 부적을 사용해 다시는 오지 못하게 만들었으니 원망할 따름이요."

그러자 정 사도가 크게 웃으며 말했다.

"내가 일찍이 도사를 만나 귀신을 부리는 술법은 배웠으니 장여랑의 영혼을 오게 해 내 조카의 죄를 씻는 것이 어떻겠소."

"어찌 장인이 사위를 희롱하십니까?"

양소유가 못 미더워서 말하자 정 사도가 병풍을 총채로 툭 치는데 장여랑이 나타났다. 양소유가 크게 놀라 소리쳤다.

"어떻게 귀신이 대낮에 나타났는가?"

정 사도와 부인은 웃음을 참지 못했고, 정십삼은 웃

다 쓰러질 정도가 됐다.

정 사도가 말했다.

"이제 진실을 말하겠소. 이 여인은 귀신도 아니고 신
선도 아니오. 경패와 함께 지내는 시녀 가춘운이라 하
오. 요즘 그대가 별당에서 적적해하는 것 같아 먼저 모
시게 한 것이오."

"그렇다면 왜 저를 속이셨습니까?"

"내 머리가 벌써 하얘지는데 아이들 같은 장난을 하
겠나? 잘 생각해 보게. 그대가 먼저 누군가를 속인 일
이 없는지를."

양소유는 그제야 깨닫고 말했다.

"옳습니다. 제가 먼저 죄를 지었습니다. 그 작은 원
망 감사히 받겠습니다."

이날 모든 사람이 즐겁게 술을 마셨고, 춘운은 새 신
부로 자리하다가 양소유를 모시고 별당으로 돌아갔다.

적경홍과 동행한 양소유

양소유가 유씨 부인을 모시고 오려 했지만 나라에 변고가 계속해서 일어났다.

토번(티베트)이 자주 나라를 침략했고, 하북의 세 절도사가 자신을 연왕, 위왕, 조왕이라 칭하며 조정을 배반했다.

양소유가 천자에게 제안했다.

"일단 타일러 보시고 응하지 않으면 치겠다는 조서를 내려 보심이 어떤지요?"

천자가 그 말을 듣고 양소유가 쓴 조서를 내리자 위왕, 조왕은 항복했는데 연왕만 그 말을 듣지 않았다.

그러자 천자는 양소유에게 병사를 주고 사절로 연왕에게 가서 항복을 받아오라 명했다. 양소유는 그길로 군사를 이끌고 연나라로 향했다.

연나라에 도착하자 연왕이 양소유의 풍채와 위용을 보고 도저히 상대가 안 된다는 것을 바로 알아보고는 항복하고 연회를 베풀었다. 양소유는 연왕이 황금 천 냥과 말 열 필을 주었으나 받지 않고 서울로 돌아오는 길에 나섰다.

열흘쯤 지나 한단에 도착했는데 한 미소년이 준마를 타고 있는 것이 멀리서 보였다. 한눈에도 재주가 뛰어난 사람인 듯해 동행을 청했더니 그는 자신을 적백란이라고 소개했다.

두 명은 뜻이 맞아 이야기를 나눈 덕분에 힘들지 않게 서울로 향할 수 있었고 어느덧 낙양에 도착했다. 양소유는 처음 과거를 보러 왔을 때가 생각나 주루를 바라보니 한 여인이 있었다. 바로 계섬월이었다.

두 사람은 양소유의 숙소에서 만나 그동안의 일을 기뻐하면서 또 슬퍼하면서 이야기를 나눴다.

계섬월은 그동안 여러 잔치에 불려 다니는 것이 치욕스러워 산중에 들어가 있다가 양소유가 지나간다는 이야기를 듣고 주루에서 하염없이 기다렸다는 것이다. 양소유는 계섬월의 말을 듣고 정경패와 혼인하기로 했다는 이야기를 들려주며 고마워했다.

양소유와 계섬월은 옛정을 풀며 이틀 동안 함께 머물렀다.

계섬월과 함께 있느라 며칠간 적백란을 만나지 못했는데 서동이 와서 말했다.

"저기 계섬월과 적백란이 서로를 희롱하고 있습니다."

양소유는 두 사람을 믿었으나 한번 나가보니 서로 손을 잡고 이야기를 나누고 있었다.

양소유가 나타나자 적백란은 어디론가 도망가 버리고 계섬월은 무릎을 꿇고 말했다.

"적백란과 예전부터 친분이 있어 스스럼없이 손을 잡고 서로의 소식을 전하고 말았습니다. 청루에서 자란지라 남녀의 예의가 없었으니 벌하여 주십시오."

양소유가 말했다.

"난 한 번도 섬월을 의심한 적이 없으니 꺼리지 마시오."

그리고 적백란이 자신을 어려워할 듯해 두루 찾아보았으나 보이지 않았다. 양소유는 공연히 좋은 친구를 잃은 것 같아 서운한 마음이 들었다.

이날 밤에도 양소유는 계섬월과 옛일을 이야기하며 술을 마시고 자리에 들었다.

양소유는 아침이 밝아 눈을 떴는데 계섬월이 먼저 일어나 거울 앞에서 분을 바르고 있었다. 그런데 자세히 보니 계섬월과 비슷했지만 분명 다른 사람이었다.

그때 계섬월이 웃으며 들어왔다.

"이쪽은 이전에 제가 말한 적경홍입니다. 우리는 같은 낭군을 모시기로 약조한 사이라 어제 제가 몸이 안 좋아서 모시게 하였습니다. 새 신부가 흡족하신지요?"

양소유가 말했다.

"이야기 듣던 것보다 훨씬 좋소. 그런데 적백란과 매우 닮았구려. 서로 남매지간이요?"

적경홍이 대답했다.

"저는 원래 형제가 없습니다."

그제야 양소유는 깨닫고 말했다.

"적백란이 적경홍이고, 계섬란과 손을 잡고 있던 이도 적경홍이었군요. 그런데 왜 나를 속였소?"

"처음부터 속일 생각은 없었습니다. 첩은 영웅호걸을 만나길 바라며 청루에 있었는데 연왕이 첩의 소문을 듣고 찾아와 궁중으로 가게 됐습니다. 호사스러운 옷과 좋은 음식이 있었으나 제가 원하던 바가 아니었습니다. 그러던 중 연회에서 낭군님을 뵙게 되어 따르기로 마음먹고 며칠 후 연을 도망 나오게 된 것입니다. 곧 낭군님을 따라잡았으나 한번 웃으시길 바라며 제 정체를 이야기하지 않았던 것입니다."

양소유는 두 여인과 밤을 지새우고 다음 날 서울로 떠났다. 두 여인과는 이후 정경패와 혼례를 정식으로 치른 후에 부르기로 약조했다.

난양공주를 거절하다

　서울에 도착하니 천자가 양소유를 제후에 봉하려 했으나 극구 사양하자 예부상서를 겸직하도록 했다.
　하루는 양소유가 한림원에서 관리들과 술을 마시다가 푸른색 청옥 통소를 들어 곡을 연주하니 학 한 쌍이 내려와 춤을 추었다.
　이때 황태후에게는 두 명의 자식이 있었는데 아들은 현재 천자이고 딸은 난양공주다. 난양공주 또한 하얀색 백옥 통소를 불면 학이 내려와 춤을 추곤 했다.
　이날 밤 공주의 통소 소리에 춤추던 학이 한림원에 가 춤을 춘 것이다. 궁 안 사람들이 양소유가 통소를 불어서 그쪽으로 날아간 듯하다고 말을 전하자 천자가 태후에게 말했다.

"양소유의 나이가 누이와 잘 어울리고, 문장과 풍류가 신하 중 제일이니 누이의 배필로 이보다 좋은 사람은 없을 듯합니다."

태후가 크게 기뻐하여 말했다.

"공주의 혼사를 정하지 못해 밤낮으로 염려했는데 양소유는 하늘이 정해준 배필이니, 내가 양소유를 보고 결정했으면 하오."

천자가 말했다.

"어렵지 않습니다. 양소유를 불러 문장을 논할 때, 태후께서는 주렴 속에서 보시면 될 것입니다."

천자의 명을 받고 양소유가 입궁하자, 천자는 역대 제왕의 시와 시인의 시를 논하라고 명했다. 양소유가 옛 고사를 들어 하나하나 논하는 것을 듣고 천자가 크게 기뻐했다.

"내 이태백을 보지 못하여 한이었는데 경을 얻었으니 어찌 이태백을 부러워하겠는가? 여기 궁중에서 문서와

글씨를 관리하는 궁녀들이 있으니 이들 모두에게 글을 지어 주고 보배로 삼게 하라."

양소유는 궁녀들에게 순식간에 글을 지어 주었다. 기뻐하던 궁녀가 다투어 술을 드리니 양소유는 삼십여 잔을 받고 크게 취했다.

다음 날 정 사도의 별당으로 월왕이 찾아왔다. 양소유는 매우 놀라 월왕을 맞이하려 달려 나갔다.

"누추한 곳에 어쩐 일이십니까?"

"과인이 천자의 명을 받아 왔소. 난양공주가 아직 부마를 정하지 못하였는데, 천자께서 상서의 재덕을 공경하고 사랑하시어 혼인을 맺음으로 형제가 되려 합니다."

양소유가 놀라 말했다.

"폐하의 은혜가 이렇게 크니 몸 둘 바를 모르겠으나 정 사도의 딸과 혼인하기로 하고 이미 폐물을 드렸으니, 이 뜻을 천자께 알려 주시기 바랍니다."

월왕이 돌아가고 나서, 정 사도 집안은 천자가 양소유를 사위로 삼으려 한다는 이야기를 듣고 어찌할 바를 몰라했다. 오히려 양소유가 걱정할 것이 없다며 집안 사람들을 안심시켰다.

한편 양소유의 글을 다시 보려던 천자가 궁녀들이 가져간 글을 다시 가져오라 명했는데, 유독 한 궁녀가 그 글을 붙잡고 하염없이 울었다.

그 궁녀의 이름은 진채봉으로 바로 진 어사의 딸이었다. 진 어사가 비명에 죽고 나서 궁녀로 들어와 있던 것이다. 천자가 원래 후궁으로 삼으려 했으나 진 어사가 형벌을 받고 죽었기에 죄인의 딸을 후궁으로 삼을 수 없어서 난양공주를 모시게 한 사연이 있었다.

천자는 아직 양소유가 정식 혼례를 올린 것이 아니고 폐물만 보낸 것이기에 타이르면 되리라고 생각해, 다음 날 양소유를 불러서 설득했으나 양소유는 말을 듣지 않았다. 이미 혼례를 약속한 사이를 저버리는 건 도의가 아니라는 이유에서였다.

하지만 황태후는 매우 화가 나서 양소유를 감옥에 가둬 버리고 말았다.

조정 대신이 모두 이것은 너무 중한 벌이라며 천자에

게 간언하자 천자가 말했다.

"나 또한 양소유가 받는 벌이 무거운 것임은 알지만 태후께서 워낙 진노하셔서 지금은 방도가 없다."

황태후는 몇 달 동안이나 양소유를 그냥 감옥에 두었고, 정 사도도 황공해서 문밖으로 나오지 못했다.

물의 백능파와 산의 심요연

이때 토번이 사십만 병력을 일으켜 중국을 침범하는 일이 발생했다. 천자가 군신을 모아 이 일을 상의하니 모두 양소유가 이 일에 적역이라며 추천했다. 천자가 황태후께 양소유를 석방해 달라고 청해서 겨우 양소유는 풀려날 수 있었다.

풀려난 양소유가 천자에게 말했다.

"신이 비록 재주가 없지만 수천 군을 주시면 도둑을 물리치겠습니다."

천자는 양소유를 귀하게 여겨 삼만의 군사를 주었다.

삼만의 군사를 얻은 양소유는 토번군의 선봉과 대장

인 좌현왕을 활로 쏘아 죽였다. 양소유는 궁으로 돌아오지 않고 상소를 올렸다.

"신이 말과 병사를 더 조달해 적진 깊숙이 들어가 그임금을 잡고 나라를 멸하겠습니다."

천자가 허락하니 양소유는 병력 이십만을 모아 적국으로 들어가 이십여 개 성을 회복했다.

군대는 계속 전진해 적석산에 도달했는데 갑자기 날씨가 좋지 않아 그날은 산 아래에서 주둔하기로 했다. 이날 양소유가 장막 안에서 병서를 보고 있는데 한 자객이 들이닥쳤다.

양소유가 의연하게 대처하자 자객이 칼을 버리고 무릎을 꿇는데, 보니 해당화 같은 여자였다.

자신의 이름을 심요연이라고 밝힌 여자가 말했다.

"저는 본래 양주 사람이니 당나라의 백성입니다. 어려서 부모를 잃고 한 여 도사의 제자가 되었습니다. 여도사가 저에게 검술을 알려 주면서 '너는 당에서 올 귀인을 만날 것'이라고 하셨습니다. 그리고 '토번국에서 자객을 모집할 것이니 지원했다가 당나라에서 온 귀인을 구하고 인연을 맺으라'고 했습니다. 오늘 와 보니 과연 그러한지라 가까이서 모시겠습니다."

양소유와 심요연은 장막에서 창과 칼을 화촉 삼아 정을 나누었다.

사흘을 함께 지낸 심요연은 스승에게 아직 인사를 못 드렸으니 인사를 하고 돌아오겠다고 했다. 또 심요연은 반사곡을 지날 때는 행군을 조심하고 우물을 파서 군사에게 먹이라고 조언해 주고 몸을 솟구쳐 사라졌다.

양소유는 행군을 계속하다가 한 계곡 아래에서 머물렀다. 산 아래에 맑은 물이 있어 군사에게 먹였는데 몸이 파랗게 변하면서 죽어 갔다. 양소유는 이곳이 심요연이 말한 반사곡임을 알고 우물을 파라고 명했으나 물이 나오지 않았다. 게다가 계곡의 앞뒤에서 오랑캐의 북소리가 진동하고 있어 진퇴양난이었다. 양소유는 이곳에서 잠시 머물며 적을 물리칠 방법을 마련하기로 했다.

고민하던 양소유가 잠시 잠이 들었다가 이상한 향내가 나서 깼더니 여동 둘이 자신들은 용왕의 딸을 모시는 시녀인데 용녀가 잠시 만나기를 청한다고 전했다. 양소유가 어떻게 깊은 물속으로 갈 수 있느냐고 물으니 여동은 앞에 말을 대령해 놨다고 대답했다.

양소유는 그 말을 타고 마치 육지인 듯이 물속 궁궐로 갔다. 수궁에서는 속세의 미인과는 다른 신비로운 여인이 그를 맞이했다.

"저는 동정용왕의 작은 딸 백능파입니다."

양소유가 예를 다하자 백능파가 말했다.

"저와 대원수(양소유)와는 각별한 인연이 있습니다. 일찍이 아버지께서 하늘의 진인을 통해 점을 보았는데 인간 세상 귀인의 첩이 돼 부귀영화를 누리다가 불가로 돌아간다고 했습니다. 그런데 포악한 남해용왕의 아들이 청혼을 했습니다. 첩이 구혼을 거절하고 부모 슬하에 있으면 피해가 있을 것이라 이곳으로 몸을 피신했습니다. 첩의 괴로운 마음이 독이 돼 물맛이 변했으나, 이제 귀인이 이곳에 오신 덕분에 괴로운 마음이 풀려 물맛이 다시 돌아오고 아픈 사람도 낫게 될 것입니다."

"용녀의 말대로라면 우리는 각별한 인연이니 아름다

운 기약을 할까 합니다."

　마침내 양소유와 용녀가 같이 잠자리에 들었는데 사
랑하는 정이 두터웠다.

　하지만 다음 날이 되자마자 사방이 시끄럽기 시작했
다. 남해용왕의 아들이 군사를 데리고 쳐들어온 것이었
다. 양소유는 군을 지휘해 남해태자와 맞섰다.

　"어찌 인간이 남의 혼사를 방해하는가."

　남해태자가 큰 소리로 외치자 양소유가 반박했다.

　"용녀와 나와의 인연은 태어날 때부터 정해진 것이
다."

　양소유가 백옥편으로 지휘하자 일만 개의 화살이 동
시에 남해태자의 군사에게 쏟아졌다. 결국 남해태자도
상처를 입어 양소유에게 사로잡히고 말았다.

　양소유는 용녀를 옆에 앉히고 남해태자를 꾸짖었다.

　"너의 목을 베야 할 것이나, 남해용왕이 남해 바다를
잘 다스리니 그 은혜를 갚으려 너를 살려 보낸다."

　상처에 약을 발라 주자 남해태자는 숨듯이 돌아갔다.

　양소유는 동정용왕이 벌인 잔치를 즐기러 용궁까지

갔다가 돌아오다가 형산에서 한 절을 발견했다. 그곳에서 한 노승이 제자를 모아 놓고 강연을 하고 있었다. 양소유는 부처님에게 향을 올리고 계단을 내려오다가 그만 넘어지고 말았다. 그런데 그 순간 잠에서 깨어나는 게 아닌가.

양소유가 다른 장수에게도 물어보니 다들 귀신과 싸워 크게 이긴 꿈을 꾸었다고 했다.

맑은 물을 마신 군사들은 사기가 솟구쳐 토번군을 모두 물리쳤다.

공주가 된 정경패

양소유의 소식은 천자에게도 들어갔다.

천자가 황태후에게 양소유의 공을 칭찬하여 말했다.

"이제 양소유에게 승상 벼슬을 제수하려 합니다. 그런 공신을 혼인 문제로 계속 벌을 줄 수도 없는 노릇입니다."

황태후가 곤란해하자 옆에서 듣고 있던 난양공주가 수를 냈다.

"제후에게는 세 명의 부인이 허락된다고 들었습니다. 양소유가 공을 세우고 돌아오면 적어도 제후감이니 두 명의 부인을 둔다고 해서 잘못이라 할 수는 없을 것 같습니다."

황태후가 말했다.

"너는 천자의 누이인데 어떻게 여염집 규수와 같은 낭군을 모실 수 있다는 말이냐."

그러자 난양공주가 말했다.

"정경패가 같은 낭군을 모실 만한 자질이 있는 여인 인지 제가 직접 보고 판단하도록 하겠습니다."

난양공주는 수를 놓는 여인으로 변장해 정경패를 만 났다. 그 자리에는 가춘운도 함께였다. 난양공주는 크 게 감탄했다. 두 여인의 미모와 재주가 매우 놀라웠던 것이다. 양소유가 이들을 놓치고 싶어 하지 않는 것이 이해됐다.

정경패도 수놓는 여인을 보고 크게 놀랐다. 이 정도 의 미모와 재주라면 익히 그 소문을 들었을 터인데 전 혀 몰랐기 때문이다. 정경패는 혹시 이 여인이 난양공 주가 아닌가 잠시 의심했지만, 수놓는 여인으로 나타날 리가 없다는 생각에 그 의심을 지워 버렸다.

수놓는 여인으로 변장한 난양공주가 말했다.

"제가 부모님에게 드릴 부처를 수놓았는데, 그 옆에 정 소저가 글을 써 주셨으면 합니다."

부모님을 위한 부탁이라 정경패는 난양공주를 따라 나섰다. 그런데 갑자기 수레 소리가 시끄럽더니 군사들이 나타났다.

"사실 전 난양공주입니다. 황태후께서 정 소저를 보고 싶어 하시니 궁으로 가셨으면 합니다."

놀란 정경패는 그 자리에서 무릎을 꿇었다. 그리고 거절할 수 없음을 알고 궁까지 같이 수레를 타고 갔다.

정경패를 직접 만난 황태후도 매우 흡족해했다.

"새 혼사를 위해 옛 언약을 저버리라고 하는 것은 왕이 약속을 중히 여기지 않는 것이라고 난양공주가 말했으니, 두 사람이 나란히 양소유와 혼례를 올리도록 하라."

그러자 정경패가 말했다.

"신하가 어찌 왕실과 지위를 같이하겠습니까? 제가 그렇게 하려 해도 신하인 부모님이 그렇게 하지 않을 것입니다."

황태후가 웃으며 말했다.

"내 너를 양녀로 삼아 위호를 내릴 것이다. 내 너를
사랑하기 때문이고, 난양이 너를 가까이하고 싶어 하기
때문이고, 양소유를 섬기는 데 난처한 일이 없게 하기
위함이다."

천자도 황태후의 결정을 환영했다. 정경패는 그렇게
영양공주가 돼 궁으로 들어갔다.

난양공주는 또 한 가지를 천자에게 요청했다.

궁녀로 있는 진채봉의 사정을 들어달라는 것이었다.
천자는 진채봉을 불러 말했다.

"난양이 너와 헤어지려 하지 않아, 특별히 너를 양소
유의 첩이 되게 하니 난양을 더욱 정성으로 모시도록
하라."

진채봉은 비가 오듯 눈물을 흘리면서 머리를 숙여 감
사했다.

성대한 결혼과 장난

양소유가 전쟁터에서 돌아올 즈음이 되자 황태후가 정 사도의 부인을 불러 말했다.

"양소유에게 내 말을 거역한 죄가 있으니, 나도 그를 한번 속여 보려 합니다."

황태후가 계획을 말해 주자 부인은 웃으며 그렇게 하겠다고 동의했다.

'삼 년 만인가? 어머니는 잘 계시는지 모르겠군.'

양소유는 토번 정벌을 마치고 서울로 돌아왔다. 궁에 들어가니 천자까지 나와서 환영을 해 주었고 큰 상을 내렸다.

양소유는 궁에서 나와 정 사도의 집으로 갔다. 정경패와 가춘운도 나와 크게 반길 줄 알았는데 나오는 사람이 없어서 의아했다. 정십삼이 나와 반기며 말했다.

"큰아버지와 큰어머니가 상을 당해서 정신이 없다네."

양소유가 물었다.

"누가 상을 당했다는 말인가요?"

"하나뿐인 딸이 이 지경이 됐으니 상심하지 않을 수 있겠나?"

양소유는 솟아나는 눈물을 어쩌지 못하고 정 사도에게 인사를 드리러 갔다.

"오늘은 슬퍼할 날이 아니네. 경패가 공주와 혼인하라고 유언을 남겼으니 그 뜻을 따르도록 하게."

양소유가 하염없이 슬퍼하고 있는데 다음 날 천자가 불러서 말했다.

"아직도 내 누이와의 혼인을 허락하지 못하겠는가?"

"이미 정인도 없어졌는데 또 무슨 말을 하겠습니까? 제가 왕실에 합당한 사람일까 그것이 걱정입니다."

천자가 매우 기뻐하며 말했다.

"이전에는 말하지 않았지만 사실 나에게는 누이가 두 명이 있네. 모두 현숙한 사람이라 두 명을 경에게 내리니 사양하지 마시게."

"신이 사위가 되는 것만도 외람된 일인데 두 공주를 한 사람에게 내리시니 제가 어떻게 감당해야 할지 모르겠습니다."

천자가 이어 말했다.

"또 궁인 진 씨가 아름다운 데다 문장이 뛰어나 누이들이 사랑하여 또 첩으로 딸려 보내니 그리 알고 있으라."

양소유는 머리를 조아리며 감사할 뿐이었다.

혼인날이 돼 세 명의 신부가 서 있으니 하늘에서 세 명의 선녀가 내려온 듯이 사방이 환해졌다.

양소유는 첫째 날은 영양공주와 보내고 둘째 날은 난양공주와 보내고 셋째 날 첩이 된 궁녀 진 씨의 방에 갔다.

그런데 진 씨가 갑자기 눈물을 흘리는 것이었다.

"즐거운 날 슬퍼하니 어인 일이요?"

"승상께서 첩을 잊으셔서 저를 못 알아보시니 그럽니다."

양소유가 진 씨의 손을 잡고 말했다.

"이게 누구요? 진 낭자 아니요?"

드디어 서로를 알아본 두 사람이 한참을 기뻐하다가 옛정을 되새기며 밤을 보내니 처음 만났을 때보다 더 즐거웠다.

다음 날 양소유는 난양공주와 함께 영양공주의 방에서 술을 마셨다. 양소유는 영양공주가 시녀를 부르는 목소리를 듣고 정경패를 떠올렸다.

영양공주가 눈치를 채고 양소유에게 물었다.

"술을 드시면서도 슬퍼하시니 어떤 까닭인지 궁금합니다."

양소유는 그간에 있었던 일을 솔직하게 영양공주에게 말해 주었다. 그러자 영양공주가 화를 내며 말했다.

"지금 저와 혼례를 올려 놓고 다른 여자를 생각했다는 말입니까? 그리고 첩은 태후의 딸입니다. 정경패라는 자가 아무리 아름답다 해도 여염집 미천한 여자입니다. 혼인 전에 외간 남자에게 얼굴을 내놓는 그런 자와 비교당하다니 기분이 나쁩니다. 저는 이제 혼자 궁궐에서 늙어갈 것이니 저 이상 찾지 마십시오."

양소유도 속으로는 화가 나서 영양공주에게 말했다.

"정 소저를 욕하는 바는 알겠으나, 죽은 사람에게까지 욕을 한다는 것은 너무한 처사입니다."

얼굴이 붉어진 영양공주는 안으로 들어가더니 다시는 나오지 않았다.

난양공주는 언니와 함께 행동해야 한다며 침실에 양소유를 들이지 않았고, 진채봉은 처가 없으면 첩도 잠자리에 들 수 없다며 양소유만 방 안에 남겨 둔 채 나가 버렸다.

양소유는 자신의 처지가 쓸쓸하게만 느껴지고 잠도 오지 않아 계단을 배회하다가 난양공주의 방에 불빛이 어른거리는 것을 보았다. 몰래 가까이 가서 창을 통해 보니 영양공주와 난양공주, 진채봉은 물론 가춘운까지 있었다.

좀 더 이야기를 들어 보니 가춘운이 귀신인 척하며 양소유를 속인 이야기를 하고 있었다. 그때의 이야기를 영양공주가 아는 것을 보고 영양공주가 바로 정경패인 것을 눈치챘다.

'모두 나를 놀리고 있었구나. 그렇다고 내가 당하고만 있을 사람은 아니지.'

다음 날부터 양소유는 몸이 아프다며 일어나지 않았다. 걱정이 된 진채봉이 가서 물었다.

"어디가 안 좋으신가요?"

그러자 양소유가 힘없는 목소리로 답했다.

"꿈에 정 소저가 나와서 나와 함께 간다고 했으니 오래 살지 못할 것이요."

양소유는 돌아누워 버렸다.

이 소식을 들은 황태후는 두 공주를 불러 혼을 냈다.

"너희가 승상을 놀려서 병이 났구나. 문병을 가 보도록 해라."

태후의 명을 받은 두 공주는 양소유를 찾아갔다. 영양공주를 본 양소유가 누워서 한숨을 쉬며 말했다.

"난 이제 오래 살 수가 없나 보오. 귀신이 나를 데리고 가려 합니다."

"승상 같은 분이 귀신을 믿다니요. 정 소저가 혼령이라 해도 이 궁궐까지는 들어오지 못할 겁니다."

"아니요. 지금 내 앞에 정 소저가 와 있소."

그러자 영양공주가 참지 못하고 말했다.

"여기 살아 있는 정 소저가 있소. 제가 바로 정경패입니다."

옆에 있던 난양공주가 그간 있었던 일을 설명해 주자 양소유가 거뜬히 일어나 앉았다. 그 모습을 보고 영양공주와 난양공주 그리고 진채봉은 자신들이 속은 것을 알았다.

황태후는 이 이야기를 듣고 "나는 이미 알고 있었느니라" 하고 말했다.

두 부인과 여섯 낭자 그리고 재상

양소유는 나랏일 중에 며칠 틈을 내 유씨 부인을 모시러 갔다. 양소유가 집을 떠난 지 서너 해 만에 승상이 돼 돌아오니 유씨 부인은 눈물을 감추지 못했다. 유씨 부인이 궁으로 들어서자 두 공주가 백옥잔을 받들어 올렸다. 이때 문지기가 아뢨다.

"섬월, 경홍이라는 여인이 문안을 드리러 왔다 합니다."

그러자 양소유가 기뻐하며 말했다.

"드디어 왔구나."

계섬월과 적경홍이 인사를 올리고 춤을 추니 꽃과 가

지에 봄바람이 불었다.

하루는 월왕이 전갈을 보내왔다.

**천하가 태평하니 낙유원에서 사냥 모임을 갖는 것이
어떻겠소.**

난양공주가 전갈을 보고 말했다.

"월왕의 뜻을 알겠습니까?"

"사냥 모임을 하자는 것 아니요?"

"최근 월왕의 궁에 만옥연이라는 미인이 들어왔다고
합니다. 이를 자랑하고 싶은 모양입니다."

그러자 옆에 있던 영양공주가 말했다.

"노는 일이라 하더라도 질 수는 없지요."

이어서 적경홍과 계섬월에게 말했다.

"이번 일을 두 사람에게 달렸으니 힘을 써 주셔야겠
습니다."

적경홍과 계섬월은 풍악을 연습하고 거문고 줄을 고
쳐 매며 철저히 준비했다.

다음 날 일찍 양소유는 활과 화살을 차고 적경홍, 계섬월과 함께 낙유원으로 가서 사냥을 즐겼다.

사냥이 끝나자 사냥감이 산처럼 쌓여 술을 한 잔씩 돌렸다. 그러고는 월왕이 말했다.

"제가 고마운 마음을 표현하려고 소첩 몇 명을 데려왔습니다. 노래와 춤으로 승상의 장수를 빌고자 합니다."

양소유도 그 말을 받아 말했다.

"저의 첩 중에도 구경을 하려고 따라온 자들이 있으니 왕께 보여 드리고자 합니다."

적경홍과 계섬월 그리고 월왕이 데려온 네 미인이 장막에서 나와 인사를 올렸다.

적경홍과 계섬월 그리고 네 미인이 노래와 춤을 추니 봉황이 울고 새가 춤을 추는 듯했다. 월왕의 미녀 중에 만옥연은 적경홍, 계섬월에 비할 정도로 아름다웠고 다른 새 미녀도 그에 미치지는 못하더라도 절세미인이라 할 만했다.

계섬월이 혼자 생각했다.

'우리 두 사람이 월왕의 미녀들에게 뒤지지 않는다지만 저들은 네 사람이고 우리는 두 사람이라 조금 불리하구나.'

그때 멀리서 꽃수레가 도착하더니 수레를 몰던 자가 말했다.

"양 승상의 소실이신데 이제야 도착했습니다."

두 사람이 꽃수레에서 나왔는데 심요연과 백능파였다. 두 사람의 미모는 계섬월, 적경홍에 뒤지지 않고 기상도 출중했다.

월왕이 물었다.

"두 낭자는 무슨 재주를 가지고 계신지요?"

심요연이 대답했다.

"어릴 적부터 칼춤을 배웠는데 대단한 것은 아닙니다."

그리고 칼춤을 추는데 흰 칼날이 번쩍이는 것이 흰 무지개가 쏟아지는 듯했다.

이번에는 백능파에게 어떤 재주가 있는지 물었다.

"어려서부터 비파를 타 왔지만 왕께서 들으실 만한

것은 되지 않습니다."

백능파가 수레에서 비파를 꺼내 곡을 연주하니 골짜기에서 물이 떨어지고 듣는 사람 모두가 슬퍼했다.

낙유원 잔치가 끝나고 돌아와 양소유는 심요연과 백능파를 데리고 유씨 부인에게 문안을 드렸다.

영양공주는 심요연과 백능파를 보고 반기며 말했다.

"승상을 위험에서 구해 주었다는 이야기를 들었습니다. 왜 이리 늦게 오셨습니까?"

다음 날이 되자 천자가 월왕에게 물었다.

"어제 승상과 겨룬 승부는 어떻게 되었소?"

"승상의 복은 사람과 대적할 것이 아니었습니다. 다만 그 복이 두 공주에게도 복인지는 모르겠습니다."

태후가 두 공주에게 이를 물어보니 공주가 대답했다.

"부부는 한 몸이라 승상에게 복이 되면 저희에게도 복입니다."

드디어 양소유의 두 아내와 여섯 첩이 한 자리에 모인 것이다.

양소유는 심요연이 산을 사랑하고 백능파가 물을 사

랑한다는 것을 이미 알고 있었다.

승상부 안에 화원이 있는데 그 속에 물이 맑기가 호수와 같은 연못이 있다. 그곳 가운데에 정자가 있으니 이곳을 영아루라 부른다. 양소유는 백능파의 거처를 이곳으로 정했다.

또 연못 남쪽에 산이 하나 있는데 봉우리는 옥을 깎아 세운 듯 뾰족하고 절벽은 겹겹이 쇠를 깎아 만든 듯했다. 오래된 소나무는 푸른 그림자를 드리우고 대나무는 청명한 노래를 불렀다. 이곳에도 정자가 있으니 이곳의 이름은 빙설헌이다. 양소유는 심요연을 이곳에서 지내게 했다.

두 부인과 여섯 첩이 화원에서 놀 때는 심요연과 백능파가 주인으로서 대접했다.

사람들이 백능파에게 묻는 것이 있었다.

"낭자는 물속에서 살 수 있으시오?"

"그것은 첩의 전생의 일이었습니다. 이제 하늘의 기운을 받고 조화의 힘을 얻어 사람의 몸이 되었습니다. 그때 벗겨진 껍질과 비늘이 산과 같이 쌓였습니다. 지금은 참새가 변하여 조개가 된 셈입니다. 조개가 어찌 두 날개가 있어 날아다니겠습니까?"

모두 그 말을 듣고 고개를 끄덕였다.

심요연은 때때로 유씨 부인과 양소유 두 공주 앞에서 칼춤을 추며 흥을 돋웠지만 자주 추지는 않았다.

"승상과 칼이 연이 돼 만났으나, 살기가 있는 놀이라 자주 볼 것은 못 됩니다."

이후로 두 공주와 여섯 낭자는 서로 뜻이 맞아 즐거워했다. 마치 고기가 물에서 헤엄치고 새가 구름을 따라 나는 듯 자연스럽게 서로를 따르고 의지하니 형 같고 아우 같았다. 또한 양소유의 애정이 골고루 미쳐 가정이 화목했다. 이런 복은 이들의 덕성에서 온 것이겠으나 전생부터 인연이 있었기 때문이기도 했다.

하루는 두 공주가 의논했다.

"두 아내와 여섯 첩들이 태어났을 때부터 형제인 듯하니 이제부터 비록 성씨는 다르지만 자매로 지내는 것이 어떻겠습니까?"

여섯 명의 첩은 모두 사양하는데 가춘운과 적경홍이

특히 그랬다. 그래서 영양공주가 이들을 타일렀다.

"유현덕과 관운장, 장익덕 세 사람은 임금과 신하 관계였지만 도원에서 맺은 그 결의를 저버러지 않았습니다. 나와 춘운과는 규중에서부터 좋은 벗이었으니 안 될 게 무엇이 있겠습니까?"

그래서 두 부인이 여섯 낭자를 데리고 관세음보살상 앞에서 향을 태우며 아뢰었다.

"모년 모월 모일 부처님의 제자인 이소화, 정경패, 진채봉, 가춘운, 계섬월, 적경홍, 심요연, 백능화는 목욕 재계하고 관세음보살님께 아룁니다. 부처님의 제자인 저희 여덟 명은 비록 각각 다른 곳에서 나서 자랐지만 한 사람을 섬겨 마음이 하나가 되었습니다. 한 나무의 꽃이 바람에 날려 궁궐에 떨어지고, 규중에 떨어지고, 변방에 떨어지고, 강호에 떨어졌지만 어찌 다른 꽃이겠습니까. 오늘부터 형제가 되기로 맹세하고 생사고락을 같이할 것이니 누군가 다른 마음을 먹으면 하늘이 용서하지 않을 것입니다. 관세음보살님은 복을 내려 주시고 재앙을 없애 주셔서 백 년 후 함께 극락세계로 가게 해 주십시오."

이후 여섯 사람은 감히 형제 칭호를 못 했지만 두 부인은 항상 자매라고 불러 사랑하는 마음이 더욱 커졌다. 여덟 사람은 각각 자녀를 두었는데 두 부인과 가춘운, 심요연, 적경홍, 계섬월은 아들을 두었고, 진채봉과 백능파는 딸을 두었다. 그리고 다시는 자식을 낳지 않았는데 이 또한 남들과 달랐다.

양소유가 성진이고 성진이 양소유라

이 무렵은 천하가 태평했다. 조정에 일이 없었으며 백성들은 안락했고 곡식이 잘되었다. 양소유는 천자를 모시고 상림원에서 사냥하다가 돌아와서는 대부인을 모시고 잔치를 열곤했다.

양소유가 재상에 오른 지 수십 년이 지난 다음에 유 씨 부인과 정 사도 부부는 세상을 떠났다.

양소유는 재상에 오른 지도 오래되었고 가문도 아주 많이 번성하니 이제 재상에서 물러나 한가하게 보내고 자 한다며 천자께 상소했다.

하지만 천자는 양소유가 아직 정정하니 자신을 더 보

필하라며 상소를 허락하지 않았다.

양소유는 원래 불가의 높은 제자였고 낭자들 또한 남악의 선녀들이라 나이가 많아도 귀인의 아름다움을 잃지 않았다. 천자가 상소를 허락하지 않은 이유도 여기에 있었다.

하지만 양소유가 거듭 상소하니 천자가 허락하며 말했다.

"경의 뜻이 정 그러면 이루어 줄 수밖에 없으나 내 곁을 멀리 떠나는 것 또한 허락할 수 없으니 사십 리 떨어진 곳에 있는 취미궁에 머물라."

양소유는 머리를 조아려 은혜에 감사를 드리고 가족과 함께 취미궁으로 옮겨 갔다. 이 궁전은 종남산 가운데에 있었는데 누각이 아름답고 경치가 기이했다.

이윽고 취미궁으로 옮겨간 지도 수년이 지났다. 양소유의 생일을 맞아 열흘 동안 잔치를 열고 나서 자식들이 모두 돌아가고 나자 국화꽃이 피는 계절이 찾아왔다.

취미궁 서쪽에 있는 높은 누대는 올라서서 보면 팔백리 밖도 다 보이는 곳이라 양소유가 특히 좋아했다. 양

소유는 두 부인과 여섯 낭자와 함께 이곳에 올라 국화
주를 마시며 퉁소를 불었다.

그날따라 퉁소 소리가 애잔해 두 부인이 양소유에게
물었다.

"좋은 시절을 만나 풍경을 감상하면서 향기로운 술을
마시는데 퉁소 소리는 왜 이리 구슬픈지요?"

양소유가 퉁소를 내려놓고 두 부인과 여섯 낭자에게
말했다.

"나는 회남 땅에서 온 초라한 선비로서 천자의 은혜
를 입어 벼슬이 재상에 이르렀소. 또 여러 낭자가 서로
따르는 정 덕분에 백 년을 하루같이 느낄 수 있었소. 세
상 모든 것이 인연이라는데 전생에 인연이 있지 않았다
면 어떻게 이렇게 살 수 있었을까 하오. 사람은 인연이
다하면 각자 돌아가는 것이 당연한 것이라오. 내가 벼
슬을 버린 후부터 잠이 들면 참선하는 내 모습이 보이
니 불교와 깊은 관계가 있는 것 같소. 이제 나는 남해를
건너 관세음보살을 찾고 오대산에 올라 문수보살께 예
를 드려 불생불멸의 도를 얻으려 하오. 하지만 여러 낭

자와 반평생을 살았는데 하루아침에 이별하려 하니 그 슬픈 마음이 곡조에 나타난 듯하오."

여러 낭자가 감동하며 말했다.

"이렇게 많은 부귀를 얻으셨으면서도 그토록 깨끗한 마음을 지니셨다니요. 우리 여덟 자매도 향을 피우고 예불을 드리며 상공께서 돌아오시기를 빌겠습니다. 먼저 득도하신 후에 첩들도 인도해 주십시오."

양소유가 크게 기뻐하며 말했다.

"아홉 사람의 마음이 서로 맞으니 무슨 근심이 있겠소. 나는 내일 떠날 것이니 오늘은 여러 낭자와 함께 크게 취하려 하오."

여러 낭자가 작별의 술을 부우려 하는데 문득 지팡이 소리가 밖에서 들렸다. 한참 후에 한 노승이 나타났는데 눈썹이 길고 눈은 물결 같은 것이 보통 스님은 아닌 듯 보였다.

"산야(山野) 사람이 대승상께 인사를 드립니다."

양소유가 일어나며 말했다.

"사부는 어디에서 오셨습니까?"

노승이 웃으며 말했다.

"평생을 보던 사람을 잊다니, 귀인이 잘 잊는다는 말은 사실인 것 같습니다."

양소유가 한참 보다가 깨닫고 여러 낭자를 돌아보며 말해다.

"내가 토번을 치러갔을 때 꿈에 동정호에 갔다가 남악 형산에 올라 화상이 제자를 데리고 강론하는 모습을 보았는데 그분이십니까?"

노승이 손벽을 치고 웃으며 말하였다.

"옳소! 옳소! 그러나 승상은 꿈속에서 한 번 본 것만 기억하고, 십 년을 같이 산 일은 생각하지 못하십니까?"

양소유가 멍하니 말했다.

"저는 십육 세 이전에 부모의 곁을 떠나지 않았고, 십육 세 이후에는 천자를 섬기느라 겨를이 없었는데, 언제 십 년간이나 사부를 뵈었겠습니까?"

노승이 웃으며 말했다.

"승상이 아직 꿈에서 깨어나지 못했소."

양소유가 말했다.

"사부께서 저를 깨워 주시겠습니까?"

노승이 지팡이를 들어 돌 난간을 두드리니, 흰 구름
이 일어나 주변을 분간하지 못할 정도가 되었다.

양소유가 소리쳤다.

"사부는 바른 도리로 가르치지 아니하시고 어찌 환술
로 희롱하십니까?"

구름이 걷히자 노승과 두 부인, 여섯 낭자가 사라지
고 없었다. 양소유가 놀라서 자세히 보니 궁궐은 간데
없고, 작은 암자만 있었다. 손으로 머리를 만져 보니 머
리털이 까끌까끌하고 백팔염주가 목에 걸려 있었다. 영
락없는 중의 모습이었다. 다시 오랜 시간이 걸린 후에
야 자신이 연화도량의 성진임을 깨달았다.

'내 생각이 그릇됨을 사부가 알고 인간 세상에 나가
부귀영화와 남녀의 정욕을 한번 알게 하신 게로구나.'

성진은 즉시 세수를 하고는 장삼을 바로 입고 스승의
방에 들어갔다. 그곳에 모든 제자가 모여 있었다.

대사가 큰 소리로 말했다.

"성진아, 인간 세상의 재미가 어떠하더냐?"

성진이 머리를 조아리고 눈물을 흘리며 말했다.

"이제야 깨달았습니다. 제가 함부로 굴어 마음이 바르지 못했으니 마땅히 괴로운 세상에서 윤회하는 벌을 받아야 했거늘 사부께서 한 꿈을 불러일으켜 마음을 깨닫게 하시었습니다. 사부의 은덕은 천만 년이라도 갚지 못할 것입니다."

육관대사가 말했다.

"네가 흥을 타고 갔다가 흥이 다하여 왔으니 내가 무슨 관여를 했다는 것이냐? 또 네가 꿈과 세상을 나누어 둘이라 하는 것을 보니 아직 꿈을 깨지 못한 것이다. 장자가 나비가 된 꿈을 꾸었다가, 나비가 다시 장자가 되니 어떤 것이 참인지 구분하지 못했는데, 성진과 소유 중 어느 것이 참이며 어느 것이 허망한 꿈이더냐."

성진이 대답했다.

"저는 모든 것이 아득해 꿈과 현실을 분간하지 못하겠습니다. 바라건대 스승님이 설법을 베풀어 저를 깨닫게 해 주십시오."

"내가 금강경을 설법해 깨달음을 주려 하지만 다른 제자가 올 것이니 잠시 기다려라."

말이 끝나기가 무섭게 한 도인이 와서 고했다.

"어제 왔던 팔선녀가 대사께 인사를 드리려 합니다."

대사 앞에 온 팔선녀는 합장하며 머리를 조아리고 말했다.

"저희가 비록 위부인을 모시고 있지만 배운 바가 없어 세속의 정욕을 잊지 못했습니다. 대사의 자비 덕분에 하룻밤 꿈으로 크게 깨달았으니 부디 더 큰 가르침을 주시기 바랍니다."

"선녀의 뜻이 아름다우나 불법은 깊고 먼 것이라 간절한 바람이 없다면 이를 수 없으니 스스로 생각해 행하라."

팔선녀는 나가서 얼굴에 칠한 분과 연지를 씻어 버리고 서로 자매의 연을 맺었다. 그리고 가위를 들어 구름 같은 머리를 잘랐다. 다시 들어가 대사에게 아뢰니 크게 기뻐하며 말했다.

"좋구나. 팔선녀가 이렇게 달라지다니 어찌 감동하지

않겠느냐?"

그러고는 자리에 올라 금강경을 강론했다.

강론이 끝나자 선진과 팔선녀는 동시에 생겨나지도 않으며 죽어 없어지지도 않는 도를 깨달았다. 육관대사는 성진이 착실하게 계율을 지키는 것을 보고 많은 사람을 모아 놓고 말했다.

"나는 불법을 퍼트리려 중국에서 들어왔는데 이제 불법을 전할 제자를 얻었으니 돌아가겠다."

대사는 염주와 바리, 정병(승려의 필수품인 목이 긴 병), 석장(승려가 짚고 다니는 지팡이) 그리고 금강경 한 권을 성진에게 주고 서쪽으로 떠났다.

그 후로 성진이 연화도량의 대중을 이끌고 크게 교화를 베푸니 신선과 용신, 사람과 귀신이 그를 육관대사와 똑같이 존경했고 여덟 명의 여승도 성진을 스승으로 섬겨 보살로서의 도를 깊이 체득했다.

그러더니 모두 극락세계로 돌아갔다.